Cupidamora Band 1

Die Melodie der Elbe

Levina Lamur

© 2023
likeletters Verlag
Inh. Martina Meister
Legesweg 10
63762 Großostheim
www.likeletters.de
info@likeletters.de

Autor: Levina Lamur
Bildquelle: Midjourney

ISBN: 9783946585398

Teilweise kam für dieses Buch künstliche Intelligenz zum Einsatz

Dies ist eine frei erfundene Geschichte. Ähnlichkeiten mit real existierenden Personen sind zufällig und nicht beabsichtigt.

Inhaltsverzeichnis

Kapitel 1

Emma Mahler stand hinter der Theke des alten Cafés, eingehüllt in die ersten Sonnenstrahlen des Morgens, die durch die großen Fenster fielen und die Staubpartikel in der Luft zum Tanzen brachten.

Es war ein ruhiger Morgen in der Hamburger Speicherstadt, und das Café Mahler, ein Familienbetrieb seit Generationen, bereitete sich auf einen neuen Tag vor.

Ihr Blick glitt über die altmodischen Möbel und die in Sepiatönen gehaltenen Fotos an der Wand. Jedes Stück erzählte eine Geschichte aus der Vergangenheit ihrer Familie.

Das Café war mehr als ein Geschäft; es war ein lebendiges Stück ihrer Familiengeschichte, das nur noch von ihr und ihrer Mutter weitergeführt wurde.

«Emma, könntest du die Croissants aus dem Ofen holen? Sie müssten jetzt fertig sein», rief ihre Mutter aus der kleinen Backstube.

«Natürlich, Mama», antwortete Emma und schlüpfte geschickt zwischen den Stühlen und Tischen hindurch in die Backstube.

Der Duft von frisch gebackenen Croissants erfüllte den Raum und weckte Erinnerungen an die vielen Morgenstunden, die sie als Kind hier verbracht hatte.

Emma und ihre Mutter waren das letzte verbleibende Bindeglied in einer langen Kette von Generationen, die das Café betrieben hatten.

Ihr Vater war schon vor Jahren verstorben, und Emma war das einzige Kind. Das Café, das früher das Herzstück einer großen Familie war, lag nun in ihren Händen.

Während sie die goldbraunen Croissants auf ein Gitter legte, dachte Emma über die Verantwortung nach, die sie trug.

Sie wollte das Erbe ihrer Familie bewahren und gleichzeitig dem Café ihren eigenen Stempel aufdrücken. Es war eine Aufgabe, die manchmal überwältigend erschien, aber auch eine, die sie mit Stolz erfüllte.

«Mama», sagte Emma, als sie mit einem Tablett voller Croissants aus der Backstube zurückkehrte, «ich bin so froh, dass wir das zusammen machen. Dieses Café ist nicht nur unser Geschäft. Es ist ein Teil von uns.»

Ihre Mutter lächelte sie warm an. «Ich bin so stolz auf dich, Emma. Du hast das Café zu etwas Besonderem gemacht. Gemeinsam werden wir sicherstellen, dass es noch lange ein Ort der Zusammenkunft und Freude bleibt.»

Plötzlich klingelte die Türglocke, und der erste Kunde des Tages trat ein. Emma richtete ihren Blick auf den Eingang und sah einen Mann, der unter seinem Arm eine Kamera trug und sich neugierig umsah.

Er hatte dunkles Haar, das leicht zerzaust war, und trug eine Lederjacke, die nicht ganz zum eher konservativen Stil Hamburgs passte.

«Guten Morgen! Kann ich Ihnen helfen?», rief Emma, während sie ein Paar Handschuhe ablegte.

Der Mann drehte sich um und lächelte.

«Guten Morgen. Ich hätte gerne einen Kaffee, bitte. Schwarz.»

Während Emma den Kaffee zubereitete, konnte sie nicht umhin, den Fremden neugierig zu beobachten. Er sah aus, als würde er nicht aus Hamburg stammen.

Vielleicht war er einer dieser Reisenden, die gelegentlich durch die Speicherstadt kamen, angezogen von ihrer einzigartigen Architektur und der Geschichte.

«Hier bitte, Ihr Kaffee», sagte sie, als sie ihm die dampfende Tasse reichte.

«Danke», erwiderte er und seine Augen trafen kurz ihre.

Es war ein flüchtiger Moment, aber etwas darin ließ Emmas Herz unerwartet schneller schlagen.

Nachdem sie sich wieder der Theke zuwandte, fühlte sie, wie ihre Gedanken zu dem Fremden zurückgingen. Sie schüttelte den Kopf, um sich auf ihre Arbeit zu konzentrieren, aber ihre Gedanken kreisten immer wieder um den fremden Besucher.

Er hatte sich an einen Tisch am Fenster gesetzt, sein Blick schweifte über die Straßen der Speicherstadt, während er ab und zu Notizen in ein kleines Notizbuch kritzelte. Seine Kamera, eine alte, gut gepflegte Leica, lag neben ihm auf dem Tisch.

«Wer mag er nur sein?», murmelte Emma leise zu sich selbst.

«Wen meinst du?», fragte ihre Mutter, die gerade mit einem Tablett voller Kaffeetassen aus der Küche kam.

«Ach, niemand», erwiderte Emma schnell und errötete leicht.

Ihre Mutter folgte ihrem Blick und lächelte. «Ach, der junge Mann am Fenster. Er sieht aus, als käme er von weit her.»

Emma nickte und versuchte, sich wieder auf ihre Arbeit zu konzentrieren. Sie füllte die Kaffeemaschine auf, wischte die Theke ab und bediente die anderen Kunden, die nach und nach das Café füllten.

Während sie arbeitete, dachte sie an die vielen Menschen, die im Laufe der Jahre das Café betreten hatten. Jeder hatte seine eigene Geschichte, einige waren in alten Fotografien an der Wand verewigt.

Das Café Mahler war nicht nur ein Treffpunkt für die Anwohner, sondern auch eine Art Zeitkapsel, die Generationen von Geschichten bewahrte.

Ihre Neugier war geweckt. Als sie dem Fremden ein Stück Kuchen brachte, das er bestellt hatte, nutzte sie die Gelegenheit.

«Sind Sie auf der Durchreise?», fragte sie, während sie den Teller vor ihm abstellte.

Er sah auf und lächelte. «Man könnte sagen, ich bin beruflich hier. Ich bin Journalist und arbeite an einer Serie über die Hafenstädte Europas. Mein Name ist Max, Max Richter.»

«Emma Mahler», stellte sie sich vor. «Sie berichten also über Hamburg? Das ist spannend.»

Max nickte. «Ja, diese Stadt hat eine faszinierende Geschichte und Kultur. Und Ihr Café… es hat so viel Charakter. Es ist genau die Art von Ort, die ich in meinen Artikeln beschreiben möchte.»

Emmas Herz machte einen kleinen Sprung. «Wirklich? Unser Café?»

«Ja, es erzählt so viel über Hamburg, über die Menschen hier», erklärte Max.

In diesem Moment rief jemand nach Emma, und sie musste sich entschuldigen und gehen. Doch der kurze Austausch hatte etwas in ihr geweckt. Sie war fasziniert von diesem Mann, der so weit gereist war und so viel zu erzählen hatte.

Später stand sie wieder an der Theke und sah, wie Max aufstand, bezahlte und das Café verließ. Er warf ihr noch einen flüchtigen Blick zu und lächelte, bevor er in der Menge der Passanten verschwand.

Emma spürte, wie eine seltsame Leere sie ergriff, als hätte sie eine Gelegenheit verpasst. Sie schüttelte den Kopf. «Was denke ich nur?», dachte sie sich. «Ich werde ihn wahrscheinlich nie wiedersehen.»

Kapitel 2

Die nächsten Tage verstrichen für Emma in einem Wirbel aus Kaffeeduft und dem alltäglichen Treiben des Cafés. Doch der Gedanke an den geheimnisvollen Max ließ sie nicht los. Sein Bild, wie er da am Fenster saß, die Kamera neben sich, tauchte immer wieder in ihren Gedanken auf.

An einem kühlen, klaren Morgen, einige Tage nach Max' Besuch, kam ein Artikel in der lokalen Zeitung heraus, der Emmas Aufmerksamkeit erregte.

Es war ein Bericht über die Speicherstadt, geschrieben von einem Max Richter. Mit zitternden Händen las sie die Zeilen, in denen er das historische Herz Hamburgs und das lebhafte Treiben seiner Bewohner beschrieb.

Zu ihrer Überraschung fand sie auch eine Erwähnung des Cafés Mahler, begleitet von einem Foto, das das warme Innere und die gemütliche Atmosphäre einfing.

«Mama, komm schnell! Sieh dir das an!», rief Emma aufgeregt.

Ihre Mutter eilte herbei, neugierig, was ihre Tochter so aufgewühlt hatte. Während sie den Artikel las, breitete sich ein Lächeln auf ihrem Gesicht aus.

«Das ist ja wunderbar, Emma! Unser Café in der Zeitung! Und dieser junge Mann hat es geschrieben… Max, nicht wahr?»

Emma nickte, ihr Herz klopfte vor Aufregung. «Ja, genau er.»

Der Artikel verlieh dem Café einen kleinen Schub an Besuchern, die neugierig waren, den Ort zu sehen, der in der Zeitung so liebevoll beschrieben worden war.

Emma fand sich in Gesprächen mit Kunden wieder, die mehr über die Geschichte des Cafés wissen wollten. Sie erzählte ihnen von den alten Zeiten, von den Tagen, als ihre Urgroßmutter

das Café eröffnete, und von den vielen
Veränderungen, die seitdem stattgefun-
den hatten.

An einem kühlen Sommermorgen war das Café Mahler bereits vor Sonnenaufgang erleuchtet. Emma hatte sich entschlossen, ein spezielles Frühstücksevent zu veranstalten, um die Gemeinschaft zusammenzubringen und gleichzeitig neue Kunden anzulocken.

Sie hatte die Nacht zuvor damit verbracht, ein besonderes Menü zu entwerfen, und war nun früh aufgestanden, um alles vorzubereiten.

Das Café war mit frischen Blumen geschmückt, die Emma selbst am Vortag auf dem Markt ausgesucht hatte. Die Tische waren sorgfältig mit weißen Tischtüchern und kleinen, handgefertigten Keramikvasen gedeckt, die sie von einer lokalen Künstlerin erworben hatte.

Jede Vase enthielt eine einzige, sorgsam ausgewählte Blume, die dem Raum eine fröhliche, einladende Atmosphäre verlieh.

Als die ersten Gäste eintraten, wurden sie von dem Duft frisch gebackener Croissants und hausgemachter Marmeladen begrüßt. Emma, in ihrer Schürze und mit einem strahlenden Lächeln, begrüßte jeden Gast persönlich.

Sie hatte sich extra Mühe gegeben, eine Auswahl an lokalen Spezialitäten und veganen Optionen zu bieten, um sicherzustellen, dass für jeden Geschmack etwas dabei war.

Unter den Gästen befand sich Herr Schmidt, ein älterer Stammgast, der für seine Vorliebe für starke, schwarze Kaffees und trockene Witze bekannt war.

Als Emma ihm sein übliches Gebräu servierte, schmunzelte er und sagte: «Junge Dame, wenn Ihr Kaffee genauso gut ist wie Ihr Lächeln, dann wird das hier ein herrlicher Morgen.» Emma lachte.

Im Verlauf des Vormittags füllte sich das Café mit Stammgästen und neuen Gesichtern. Eine Gruppe junger Mütter

mit ihren Kindern sorgte für ein leb-
haftes Treiben.

Eines der Kinder, ein kleiner Junge namens Tim, war besonders fasziniert von den Croissants. «Sie sehen aus wie kleine Monde», sagte er mit leuchtenden Augen.

Emma, erfreut über diese kindliche Beobachtung, schenkte ihm ein extra großes Croissant und sagte: «Für den kleinen Astronauten.»

Einer der neuen Gäste, ein junger Mann in Eile, stieß versehentlich gegen einen der Tische und verschüttete seinen Kaffee über die weißen Tischtücher. Emma reagierte schnell, ohne den Gast zu beschämen. «Keine Sorge, das passiert den besten von uns», sagte sie mit einem beruhigenden Lächeln und half ihm, den Schaden zu beheben.

Das Frühstücksevent wurde ein voller Erfolg. Die Gäste lobten das Essen, die Atmosphäre und vor allem Emmas Gastfreundschaft.

Gegen Mittag, als wieder etwas Ruhe einkehrte, lehnte sich Emma zurück und betrachtete zufrieden ihr Werk. Das Café Mahler war mehr als nur ein Ort für Kaffee und Kuchen; es war ein Treffpunkt, ein Ort des Zusammenkommens und der Freude.

Eines Nachmittags, als das Café gerade eine ruhige Phase hatte, trat Max wieder ein. Er trug diesmal keine Kamera, sondern nur ein Notizbuch. Sein überraschtes Lächeln, als er Emma sah, ließ ihr Herz überspringen.

«Guten Tag, Emma», begrüßte er sie. «Ich sehe, mein Artikel hat ein wenig Aufmerksamkeit erregt.»

«Ja, das hat er», erwiderte Emma, ein Leuchten in ihren Augen. «Danke dafür. Es war wirklich schön geschrieben.»

Max bestellte einen Kaffee und setzte sich an den gleichen Tisch wie beim letzten Mal.

«Möchten Sie sich für einen Moment anschließen?», fragte er Emma, die gerade den Kaffee brachte.

Sie zögerte einen Moment, dann nickte sie. «Natürlich.»

Während sie dort saßen, sprachen sie über alles Mögliche – über Hamburg, über das Café, über Max' Reisen und

Emmas Träume, die sie als Künstlerin hatte.

Es war ein einfaches Gespräch, doch für Emma fühlte es sich an, als öffnete sich eine neue Welt.

Max verließ das Café und versprach, wiederzukommen. Emma sah ihm nach, wie er die Straße hinunterging, und spürte, wie sich etwas in ihr regte.

Eine Mischung aus Hoffnung, Neugier und einem Gefühl, das sie nicht ganz benennen konnte.

Später, als sie die alten Fotoalben durchblätterte, die in einer Ecke des Cafés aufbewahrt wurden, dachte Emma über die Geschichten nach, die sie Max erzählt hatte.

Jedes Bild erzählte von einer anderen Ära, von Menschen, die kamen und gingen, und von Momenten, die längst vergangen, aber in diesen Seiten festgehalten waren.

Es war, als ob das Café selbst ein stummer Zeuge der Geschichte war, und jetzt hatte Max ein neues Kapitel in dieses Album des Lebens eingefügt.

Kapitel 3

In den folgenden Tagen entwickelte sich eine angenehme Routine. Max besuchte das Café regelmäßig, manchmal nur für einen schnellen Kaffee, manchmal für längere Gespräche mit Emma.

Jedes Mal, wenn er kam, fühlte Emma eine Mischung aus Aufregung und Nervosität.

Eines Nachmittags, als der typische Hamburger Regen wieder gegen die Fensterscheiben des Cafés prasselte, saß Max wieder an seinem Stammplatz.

Diesmal hatte er eine größere Kamera dabei und machte gelegentlich Fotos von der Café-Einrichtung.

«Arbeiten Sie an einem neuen Artikel?», fragte Emma, während sie ihm einen dampfenden Becher Tee servierte.

«Eigentlich arbeite ich an einem persönlichen Projekt», antwortete Max. «Ich fotografiere Orte, die für mich eine besondere Bedeutung haben. Und dieses Café… es ist zu einem solchen Ort geworden.»

Emmas Herz machte einen Sprung. «Das freut mich zu hören.»

Max' regelmäßige Besuche wurden zu einem Highlight ihres Alltags. Sie redeten über alles Mögliche, und jedes Gespräch ließ Emma das Gefühl haben, dass sie ein wenig mehr über sich selbst lernte – und über Max.

Es war ein langsames Erwachen von etwas Neuem, etwas, das sie noch nicht ganz greifen konnte, aber das jeden Tag ein wenig heller leuchtete.

An einem weiteren ruhigen Nachmittag blätterte Emma erneut in den alten Fotoalben. Sie zeigte Max einige der Bilder, die das Café und ihre Familie im Laufe der Jahre zeigten.

«Hier, das ist meine Urgroßmutter», sagte sie und deutete auf ein vergilbtes Schwarz-Weiß-Foto. «Sie hat das Café während des Krieges am Laufen gehalten. Eine starke Frau.»

Während die Tage ins Land zogen, entdeckte Emma, dass Max' Besuche mehr für sie wurden als nur freundliche Plaudereien.

Immer, wenn er das Café betrat, brachte er eine Welt mit sich, die weit über die vertrauten Wände hinausging. Seine Geschichten von fernen Orten und Kulturen weckten in Emma ein Gefühl des Fernwehs und der Neugier.

An einem weiteren regnerischen Nachmittag, als das Café nur von dem leisen Rauschen des Regens erfüllt war, sah Emma Max in einer Ecke sitzen, vertieft in das Schreiben. Er hatte eine Reihe von Postkarten ausgebreitet, die Bilder von exotischen Orten zeigten.

«Das sind ja interessante Postkarten», bemerkte Emma, während sie seinen Kaffee abstellte.

Max blickte auf und lächelte. «Ja, das sind Erinnerungen von meinen Reisen.

Jede Karte erzählt eine eigene Geschichte.»

Emma betrachtete die Karten näher.

«Ich habe Hamburg nie verlassen. Meine Welt war immer dieses Café und die Geschichten, die zu mir kamen. Aber durch Ihre Erzählungen fühlt es sich an, als würde ich die Welt ein wenig mehr kennenlernen.»

«Das Café hat seine eigenen Geschichten», sagte Max. «Vielleicht nicht von fernen Ländern, aber jede Person, die hierherkommt, bringt ein Stück ihrer Welt mit.»

Emma nickte nachdenklich. «Das stimmt. Ich habe hier schon viele interessante Menschen getroffen. Manchmal fühle ich mich wie eine Bewahrerin der Geschichten dieses Ortes.»

«Das sind Sie auch», erwiderte Max ernst. «Orte wie dieses Café sind selten. Sie bewahren die Vergangenheit und begrüßen gleichzeitig die Zukunft.»

In diesem Moment, umgeben von dem sanften Geräusch des Regens und dem vertrauten Duft von Kaffee, spürte Emma, wie sich ihre Welt erweiterte.

Max, mit seinen Reisen und Geschichten, hatte eine Tür zu etwas Neuem geöffnet, und sie war bereit, hindurchzugehen.

Kapitel 4

Die Herbstblätter begannen zu fallen, und mit ihnen brachte jeder Tag eine neue Schattierung in das Leben von Emma Mahler.

Max Richter war nun mehr als nur ein regelmäßiger Besucher im Café Mahler; er war zu einem Freund geworden, einem Fenster in eine Welt, die Emma bisher nur aus der Ferne betrachtet hatte.

An einem besonders stürmischen Oktobernachmittag, als das Café nur spärlich besucht war, saß Emma mit Max zusammen und sie teilten sich einen warmen Apfelstrudel.

Draußen peitschte der Wind Regentropfen gegen die Fensterscheiben, aber drinnen im Café herrschte eine gemütliche Atmosphäre.

«Ich habe nächste Woche eine Ausstellung meiner Fotos in Berlin», eröffnete

Max plötzlich. «Ich würde mich freuen, wenn Sie kommen könnten, Emma. Es wäre schön, Ihnen einen Teil meiner Welt zu zeigen.»

Emma fühlte sich geschmeichelt, aber auch etwas eingeschüchtert. «Ich weiß nicht, Max. Ich bin noch nie alleine so weit gereist. Und das Café…»

«Ich verstehe», unterbrach Max sie sanft. «Aber manchmal muss man einen kleinen Schritt außerhalb seiner Komfortzone wagen, um etwas Neues zu erleben. Ich wäre an Ihrer Seite.»

Sie blickte aus dem Fenster, beobachtete, wie die Regentropfen Rennen auf der Scheibe veranstalteten. Dann sah sie Max an, seine erwartungsvollen Augen. Etwas in ihrem Inneren wollte Ja sagen, wollte diese neue Erfahrung, dieses Abenteuer.

«Ich denke darüber nach», sagte sie schließlich mit einem zögerlichen Lächeln.

Die Tage bis zur Ausstellung vergingen wie im Flug. Emma war hin- und hergerissen zwischen Aufregung und Nervosität. Sie sprach mit ihrer Mutter über die Reise, die überraschend ermutigend reagierte.

«Du solltest gehen, Emma», sagte ihre Mutter. «Es ist gut, etwas Neues zu sehen. Und Max scheint ein guter Mensch zu sein.»

Mit dieser Unterstützung im Rücken fasste Emma den Entschluss, zu gehen. Sie organisierte, dass eine Freundin der Familie während ihrer Abwesenheit im Café aushalf, und packte ihre Tasche für den kurzen Trip nach Berlin.

Am Tag der Abreise stand Emma am Hamburger Hauptbahnhof, ihre Reisetasche fest im Griff. Max kam lächelnd auf sie zu, seine Augen leuchteten vor Freude, als er sie sah.

«Bereit für ein kleines Abenteuer?», fragte er.

«So bereit, wie ich nur sein kann», antwortete Emma, ein Funke von Abenteuerlust in ihren Augen.

Die Zugfahrt nach Berlin war eine Mischung aus aufgeregten Gesprächen und stillen Momenten, in denen sie die vorbeiziehende Landschaft beobachteten. Emma fühlte sich lebendig, beflügelt von der Unbekanntheit dessen, was vor ihr lag.

In Berlin angekommen, führte Max Emma durch die belebten Straßen, zeigte ihr einige seiner Lieblingsorte in der Stadt. Die Ausstellung am Abend war ein Kaleidoskop aus Farben und Gesichtern, und Emma fühlte sich wie in einem Traum.

Max' Fotos waren atemberaubend – lebendige, emotionale Momentaufnahmen von Orten und Menschen.

Später am Abend saßen in einem kleinen Bistro. Emma fand die Worte, die sie die ganze Zeit über gesucht hatte.

«Danke, Max. Für all das. Ich hätte nie gedacht, dass ich so etwas erleben würde.»

Max lächelte und nahm ihre Hand. «Das Leben ist voller Überraschungen, Emma. Man muss nur bereit sein, sie zu empfangen.»

In diesem Moment wusste Emma, dass diese Reise mehr als nur ein einfacher Besuch einer Ausstellung war. Es war der Beginn einer neuen Seite in ihrem Leben, einer Seite, die sie mit Max zu schreiben begonnen hatte.

Kapitel 5

Der Abend nach Max' Ausstellung in Berlin war angefüllt mit einer aufgeladenen Atmosphäre, die sowohl Emma als auch Max spürten.

Die Stadt leuchtete in der Nacht, und sie spazierten durch die belebten Straßen, umgeben von der Energie und den Lichtern der Metropole.

Nach dem Essen in einem gemütlichen Bistro, das Max kannte, schlug er vor, noch einen Spaziergang am Brandenburger Tor zu machen.

Die Straßen waren ruhiger geworden, und die kühle Nachtluft ließ Emma ein wenig frösteln.

«Es ist eine wunderschöne Stadt», sagte Emma, während sie den beleuchteten Sehenswürdigkeiten Berlins nachsah.

«Ja, das ist sie», stimmte Max zu. Er sah sie einen Moment lang nachdenklich an, dann fügte er hinzu: «Es gibt noch etwas, das ich Ihnen zeigen möchte.»

Er führte sie zu einem kleinen, versteckten Garten, eine Oase der Ruhe inmitten der Stadt. Sie setzten sich auf eine Bank, umgeben von dem Duft spät blühender Blumen.

In diesem friedvollen Moment, weit entfernt von der Normalität ihres Lebens in Hamburg, fand zwischen ihnen eine stille, aber tiefe Verbindung statt. Worte waren kaum nötig; ihre Blicke und die Nähe zueinander sagten alles.

Nach dem erlebnisreichen Abend in Berlin fanden sich Emma und Max in einem gemütlichen Hotelzimmer wieder, das Max für die Dauer der Ausstellung gebucht hatte.

Der Raum bot einen beruhigenden Rückzugsort von der Hektik der Stadt und einen intimen Rahmen für ihre Gespräche und das bessere Kennenlernen.

Die nächtliche Stille des Hotelzimmers, weit entfernt von der vertrauten Umgebung des Cafés in Hamburg und dem Alltagsleben in Lübeck, gab ihnen Raum, ihre Gedanken und Gefühle zu teilen. Sie sprachen über ihre Hoffnungen, Träume und die unerwarteten Wendungen des Lebens.

«Diese Stadt, diese Nacht, alles fühlt sich so anders an, so neu», flüsterte Emma, während sie aus dem Fenster auf die beleuchteten Straßen Berlins blickte.

Max saß neben ihr, seine Hand fand sanft die ihre. «Manchmal bringt uns das Leben an Orte, die wir nie erwartet hätten, und zeigt uns Seiten von uns selbst, die wir nicht kannten.»

In dieser Nacht in Berlin, umgeben von der Stille des Hotelzimmers und der sanften Wärme ihrer Nähe, teilten Emma und Max Momente der Zärtlichkeit und Verbindung.

Es war ein zarter, tief empfundener Austausch, ein stillschweigendes Versprechen einer wachsenden Bindung.

Als Emma am nächsten Morgen neben Max aufwachte, war sie von einem Gefühl der Ruhe und des Glücks erfüllt. Sie lagen einen Moment lang still da, die Erinnerungen an die vergangene Nacht wie einen kostbaren Schatz umarmend.

Die Reise nach Berlin hatte mehr als nur eine Ausstellungseröffnung für sie bedeutet; es war ein Kapitel in ihrem Leben, das sie nie vergessen würde – ein Kapitel voller neuer Erfahrungen, Einsichten und der leisen Entstehung einer tieferen Verbindung zu Max.

Nach ihrer Rückkehr aus Berlin fühlte Emma, wie sich ihr Leben im Café Mahler und in Hamburg veränderte.

Die Erinnerungen an die gemeinsame Zeit mit Max in Berlin ließen die Tage heller erscheinen und ihre Arbeit im Café erfüllter.

An einem sonnigen Nachmittag saßen Emma und Max im Café, umgeben von dem vertrauten Geräusch klappernder Tassen und leisen Gesprächen. Max blätterte in einem alten Fotoalbum, das Emma aus einer Schublade gezogen hatte.

«Schau, das war beim Sommerfest vor einigen Jahren», sagte Emma und zeigte auf ein Foto. «Das ganze Viertel war hier. Es war eines der lebhaftesten Feste, die wir je hatten.»

Max sah das Foto an und dann Emma.

«Du bist Teil von etwas Besonderem, Emma. Dieses Café ist nicht nur ein Ort, es ist ein lebendiges Stück Geschichte.»

Emma lächelte. «Ja, das ist es. Und es fühlt sich an, als würdest du nun auch ein Teil dieser Geschichte.»

Während der Tag sich dem Ende neigte und das Café zu schließen begann, lud Emma Max ein, noch etwas zu bleiben.

Sie machten es sich mit einer letzten Tasse Kaffee gemütlich und ließen den Tag Revue passieren. In diesen stillen Momenten fühlte Emma, wie tief ihre Verbindung zu Max geworden war.

«Ich bin so froh, dass du nach Berlin gekommen bist», sagte Max leise. «Diese Reise, unsere Gespräche, alles… es hat mir gezeigt, wie besonders du bist.»

Emma sah in seine Augen und erkannte die Tiefe seiner Gefühle.

«Ich bin auch froh», flüsterte sie. «Du hast mir eine Welt gezeigt, von der ich nie wusste, dass ich sie vermisst habe.»

In dieser Nacht, als sie durch die leeren Straßen Hamburgs nach Hause gingen, war Emma von einem Gefühl des Friedens und der Aufregung erfüllt.

Das Leben hatte ihr unerwartete Wendungen gebracht, und sie war bereit, zu sehen, wohin diese neuen Wege sie führen würden.

Kapitel 6

In den darauffolgenden Tagen nutzten Emma und Max jede freie Minute, um Hamburg gemeinsam zu erkunden.

Für Emma war es eine Gelegenheit, ihre Stadt durch die Augen eines anderen zu sehen, und für Max eine Chance, tiefere Wurzeln in der Stadt zu schlagen, die ihm inzwischen so ans Herz gewachsen war.

Eines ihrer ersten Ziele war der Hamburger Hafen. Sie spazierten entlang der Landungsbrücken, wo die großen Schiffe und kleinen Barkassen ein beeindruckendes Panorama boten.

Das Wasser schlug seine Wellen sanft gegen die Kaimauern. Große Schiffe zogen majestätisch vorbei, während kleinere Boote geschäftig zwischen ihnen hindurchmanövrierten.

«Ich habe immer geliebt, wie lebendig es hier ist», sagte Emma, als sie den Blick über das Wasser schweifen ließ.

«Jedes Mal, wenn ich hierherkomme, fühle ich mich inspiriert.»

Max drückte ihre Hand. «Es ist wie deine Kunst, ständig in Bewegung und voller Leben.»

Von dort aus gingen sie weiter zur Speicherstadt, vorbei an den historischen Lagerhäusern, deren Backsteinfassaden im Sonnenlicht glänzten. Max erzählte von der Geschichte des Ortes, von Handel und Schifffahrt, die die Stadt geprägt hatten.

Als sie an einem kleinen, abgelegenen Platz vorbeikamen, hielt Emma inne.

«Hier», sagte sie leise, «hier habe ich als Kind oft gespielt. Meine Mutter brachte mich hierher, während sie im Café arbeitete. Ich habe stundenlang die Schiffe beobachtet und mir Geschichten ausgedacht. Dabei spielten die Wellen der Elbe eine ganz besondere Melodie für mich.»

Max sah sie liebevoll an. «Und jetzt erzählst du Geschichten durch deine Bilder.»

Sie setzten ihren Weg fort, vorbei an Cafés und kleinen Läden, bis sie den Alstersee erreichten. Sie ließen sich auf einer Bank nieder, den Blick auf das glitzernde Wasser gerichtet.

«Manchmal», begann Emma nachdenklich, «frage ich mich, wie es wohl wäre, woanders zu leben. Aber dann erinnere ich mich, wie sehr ich Hamburg liebe. Es ist mein Zuhause, meine Inspiration.»

«Es ist atemberaubend», sagte Max, während er seine Kamera hob, um das perfekte Foto einzufangen. «Die Art und Weise, wie sich moderne Architektur und historische Elemente hier vermischen, ist einfach einzigartig.»

An einem anderen Tag betraten sie den alten Elbtunnel, dessen Eingang wie ein

Tor zu einer anderen Zeit wirkte. Die gekachelten Wände und die schweren, nostalgischen Fahrstühle fühlten sich an wie Relikte aus einer vergangenen Ära, ein Kontrast zur modernen Hektik der Stadt oben.

Während sie langsam durch den Tunnel gingen, bewunderten sie die kunstvolle Gestaltung der Kacheln, die Geschichten von Seefahrt und Handel erzählten.

Der Klang ihrer Schritte hallte in dem sonst stillen Tunnel wider, und das gedämpfte Licht warf lange Schatten auf ihren Weg.

«Stell dir vor, wie viele Menschen hier schon entlanggegangen sind», sagte Emma leise, ihre Stimme von Ehrfurcht erfüllt. «Es fühlt sich an, als würden wir durch die Geschichte selbst gehen.»

Max nickte zustimmend.

«Jeder Schritt hier unten ist wie eine Reise in die Vergangenheit. Es ist erstaunlich, wie gut alles erhalten ist.»

Als sie das Ende des Tunnels erreichten, öffnete sich vor ihnen ein ganz anderes Bild. Sie traten hinaus in das helle Sonnenlicht und wurden von einem atemberaubenden Blick auf die Skyline von Hamburg begrüßt.

Die Elbe glitzerte im Licht der Nachmittagssonne, und die Silhouetten der Gebäude zeichneten sich scharf gegen den blauen Himmel ab.

«Ich wusste gar nicht, dass es hier so schön ist», gestand Emma, während sie Hand in Hand am Ufer standen. Sie blickte zurück auf die Stadt, die sie so gut kannte, und sah sie doch nun aus einer völlig neuen Perspektive.

Max umarmte sie von hinten und flüsterte: «Manchmal braucht es nur einen Schritt, um die Welt mit neuen Augen zu sehen.»

Sie verweilten eine Weile in stiller Bewunderung, bevor sie sich entschieden, am Ufer entlangzugehen. Die Ruhe hier, abseits des städtischen Trubels, war fast greifbar. Sie begegneten einigen Spaziergängern, Radfahrern und vereinzelten Joggern, die alle das schöne Wetter genossen.

An einem kleinen Imbissstand kauften sie sich eine Portion Pommes. Sie setzten sich auf eine Bank, die einen perfekten Blick auf die Wasserkante bot. Während sie dort saßen und ihre Pommes aßen, sprachen sie über ihre Pläne, ihre Träume und darüber, wie sehr sich ihr Leben in den letzten Wochen verändert hatte.

«Weißt du», sagte Emma nachdenklich, «ich glaube, Orte wie dieser hier erinnern uns daran, wie wichtig es ist, manchmal innezuhalten und einfach den Moment zu genießen.»

Max stimmte zu, nahm ihre Hand und drückte sie sanft. «Und ich könnte mir keinen besseren Moment vorstellen als diesen hier mit dir.»

Noch bevor die Sonne den Horizont berührte, fanden sich Emma und Max eines Morgens unter den Frühaufstehern am Hamburger Fischmarkt wieder. Die Luft war erfüllt vom Geruch des Meeres, von frischem Fisch und von den lauten Rufen der Marktschreier, die ihre Ware anpriesen.

Während sie zwischen den Ständen hindurchschlenderten, betrachteten sie die Vielfalt der angebotenen Waren – von glänzenden Fischen und Krustentieren bis hin zu exotischen Früchten und lokalem Gemüse. Max zückte seine Kamera, um die lebendige Szene einzufangen.

«Dieser Ort hat so viel Charakter», bemerkte Max, während er durch die Linse auf die bunten Stände und die lebhaften Gesichter der Händler und Kunden blickte. «Es ist wie ein Schmelztiegel der Kulturen und Geschichten.»

Emma, die neben ihm stand und zusah, wie er fotografierte, fragte: «Hast du schon immer diese Leidenschaft für Fotografie gehabt?»

Max lächelte und ließ die Kamera sinken. «Tatsächlich ja. Seit ich denken kann, hatte ich eine Kamera in der Hand. Aber als Journalist habe ich gelernt, dass Fotos mehr als nur Bilder sind. Sie erzählen Geschichten, erfassen Emotionen und Momente, die manchmal stärker sind als Worte.»

«Und was hat dich zum Journalismus geführt?», erkundigte sich Emma, während sie einem Marktschreier zusahen, der lautstark frischen Fisch anbot.

Max dachte einen Moment nach.

«Ich wollte immer Geschichten erzählen, die sonst ungehört bleiben. Als Journalist habe ich die Chance, Licht auf unbekannte Orte zu werfen, unterschiedliche Perspektiven zu zeigen und vielleicht sogar ein wenig die Welt zu verändern.»

Emma sah ihn bewundernd an. «Das ist eine beeindruckende Mission.»

Sie kauften sich zwei dampfende Becher Kaffee und setzten sich an den Rand des Marktes, die Szenerie beobachtend.

«Und was war deine bisher prägendste Geschichte?», fragte sie, während sie einen Schluck von ihrem heißen Kaffee nahm.

Max lehnte sich zurück, sein Blick verlor sich in der Menge.

«Es gab viele. Aber eine, die mir besonders im Gedächtnis geblieben ist, war über eine kleine Gemeinde in Südamerika. Sie kämpften gegen die Zerstörung ihres Landes durch Bergbau. Es war herzzerreißend, aber auch inspirierend zu sehen, wie sie sich zusammentaten, um für ihre Heimat zu kämpfen.»

«Das klingt unglaublich», sagte Emma, sichtlich bewegt von seiner Erzählung.

Als der Morgen fortschritt und der Markt zu seinem vollen Leben erwachte, standen sie auf und mischten sich wieder unter die Menge, die Frische der frühen Stunden genießend.

Als der Abend über Hamburg hereinbrach, machten sich Emma und Max auf den Weg zum Hamburger Michel, einem Wahrzeichen der Stadt, das stolz und majestätisch in den Himmel ragte. Sie betraten die Hauptkirche Sankt Michaelis und bestiegen den Turm, gespannt auf die Aussicht, die sie oben erwarten würde.

Der Aufstieg war steil und eng, aber als sie die Spitze erreichten, wurden sie mit einem atemberaubenden 360-Grad-Blick über die gesamte Stadt belohnt. Unter ihnen breitete sich Hamburg in all seiner Pracht aus: die Lichter der Stadt funkelten wie Sterne, die Elbe glänzte im sanften Abendlicht, und der Hafen lag wie ein leuchtendes Band am Horizont.

Max, der Emmas Hand festhielt, führte sie zu einer Aussichtsplattform.

«Hamburg ist wirklich eine wunderschöne Stadt», sagte er, sein Blick nicht auf die Skyline gerichtet, sondern tief in Emmas Augen.

«Ja, das ist sie», erwiderte Emma, ergriffen von der Intensität des Moments. Sie lehnte sich gegen das Geländer und ließ ihren Blick über die Stadt schweifen. In der Ferne konnte sie die Lichter des Cafés Mahler sehen, ein kleiner, leuchtender Punkt in der weitläufigen Stadt.

Sie drehte sich zu Max um, ihre Augen spiegelten die funkelnden Lichter der Stadt wider.

«Weißt du, Max», sagte sie leise, «es ist erstaunlich, wie sehr ein Ort Teil von dir werden kann. Wie die Straßen, die Gebäude, ja sogar der Fluss, sie alle zu Kapiteln deiner eigenen Geschichte werden.»

Max nickte, sein Gesicht von der Abenddämmerung beleuchtet. «Und jetzt schreiben wir gemeinsam ein neues Kapitel in dieser Geschichte.»

In diesem Moment, als wäre die Zeit stehen geblieben, beugte sich Max vor und küsste Emma sanft. Es war ein Kuss, der all die Liebe und Verbundenheit ausdrückte, die sie in den letzten Wochen aufgebaut hatten. Als sie sich voneinander lösten, war es, als hätten sie einen stillen Schwur abgelegt, diesen Weg gemeinsam weiterzugehen. Sie standen noch eine Weile da, umarmten sich und blickten über die Stadt, die sie beide liebten und die nun Zeugin ihrer Liebe geworden war.

Der Michel, hoch über Hamburg, war nicht nur ein Aussichtspunkt, sondern auch ein Symbol ihrer gemeinsamen Zukunft, voller Möglichkeiten und geteilter Träume.

Es war ein lebhafter Nachmittag im Café Mahler, als Max, Emma und ihre Mutter gemeinsam am Stammtisch saßen. Die warme Atmosphäre des Cafés war erfüllt von dem Duft frisch gebrühten Kaffees und dem Klang von Stammgästen, die sich angeregt unterhielten.

Max, der inzwischen ein gern gesehener Gast war, unterhielt die beiden Frauen mit Geschichten aus seiner Arbeit als Journalist. Er erzählte von einem seiner letzten Abenteuer, bei dem er versehentlich in eine traditionelle Hochzeitsfeier in einem kleinen Dorf in Italien hineingestolpert war.

«Und dort stand ich dann, mitten in der Feier, umringt von tanzenden Paaren und einer laut singenden Großfamilie», erzählte Max mit leuchtenden Augen. «Ich konnte kein Wort Italienisch, aber das Essen war fantastisch!»

Emma lachte herzlich, während ihre Mutter Max mit einem warmen Lächeln ansah.

«Sie haben wirklich ein Talent dafür, Menschen zum Lachen zu bringen, Max», sagte sie. «Es ist so schön, Sie hier zu haben.»

Max errötete leicht bei dem Kompliment.

«Danke, Frau Mahler. Ich fühle mich hier fast wie zu Hause.»

In diesem Moment bemerkten sie eine ältere Dame, die Schwierigkeiten hatte, die schwere Eingangstür des Cafés zu öffnen. Ohne zu zögern, sprang Max auf und eilte zur Tür.

«Darf ich Ihnen helfen?», fragte er freundlich, während er die Tür für sie öffnete.

«Oh, danke, junger Mann. Das ist sehr nett von Ihnen», sagte die ältere Dame mit einem dankbaren Lächeln.

Max ging zurück an den Tisch. Emma warf ihm einen bewundernden Blick zu. «Du bist immer so hilfsbereit, Max. Das ist eine deiner besten Eigenschaften.»

Max lächelte bescheiden. «Ich glaube, man sollte immer bereit sein, anderen zu helfen. Es sind die kleinen Dinge, die zählen.»

Das Gespräch drehte sich dann um alltägliche Dinge, um das Café, Emmas Kunst und Max' zukünftige Projekte. Trotz der einfachen Themen gab es eine tiefe Verbundenheit zwischen ihnen.

Emma spürte, wie sehr sie Max in ihr Leben und das Leben ihrer Familie integriert hatte. Er brachte eine Frische und Lebendigkeit mit sich, die das Café noch heimeliger machte.

Der Abend wich dem Nachmittag und das Café wurde immer leerer. Sie saßen immer noch zusammen, genossen die Gesellschaft des anderen und die Wärme, die sich zwischen ihnen ausgebreitet hatte.

Emma sah zu Max und dann zu ihrer Mutter, und in diesem Moment fühlte sie sich unglaublich dankbar. Dankbar für die unerwarteten Wendungen des Lebens, dankbar für die Liebe und das Lachen, die jetzt Teil ihres Alltags waren.

Max hatte nicht nur ihr Herz erobert, sondern auch das ihrer Mutter und der Cafébesucher. Er war mehr als nur ein Freund oder Liebhaber; er war zu einem Teil ihrer Welt geworden, einem unverzichtbaren und geschätzten Teil.

Kapitel 7

Das Café Mahler war an diesem Morgen nicht so stark besucht, als Max mit einer Nachricht für Emma kam. Sie stand gerade hinter der Theke und servierte Kaffee und Kuchen. Sein Gesichtsausdruck war ernst, aber in seinen Augen lag eine Spur von Zärtlichkeit, die nur Emma galt.

«Ich muss für eine Woche weg», sagte er, nachdem sie sich einen ruhigen Moment gestohlen hatten. «Ein dringender Auftrag in Frankfurt.»

Emma spürte, wie ihr Herz sank. Sie hatte sich an seine ständige Nähe gewöhnt, an die Sicherheit und Freude, die seine Anwesenheit ihr brachte.

«Ich werde dich vermissen», gestand sie leise.

Max trat näher, seine Hand fand die ihre über der Theke.

«Ich werde jeden Moment an dich denken», versicherte er ihr.

Dann, unerwartet, beugte er sich vor und küsste sie. Es war ein sanfter, aber bedeutungsvoller Kuss, ein Versprechen inmitten des Cafés.

Der Kuss war kurz, aber intensiv, und als sie sich voneinander lösten, war es, als hätte die ganze Welt innegehalten. Die wenigen Cafébesucher hatten kurz aufgeschaut, überrascht und dann lächelnd, als sie das offensichtliche Band zwischen Emma und Max erkannten.

Herr Schmidt, der gerade an seinem Kaffee nippte, sah über seine Zeitung hinweg und bemerkte trocken: «Na, wenn das Café jetzt auch Liebesdienste anbietet, dann steigen die Preise bestimmt.»

Ein schelmisches Lächeln umspielte seine Lippen, als er einen weiteren Schluck von seinem Kaffee nahm.

Ein junges Paar an einem nahen Tisch kicherte leise, während eine ältere Dame, die ihre Tasse Tee hielt, Emma und Max ein warmes, wissendes Lächeln zuwarf.

«Es gibt nichts Schöneres als junge Liebe», sagte sie leise, mehr zu sich selbst als zu jemand anderem.

Emma spürte ihre Wangen heiß werden, aber das Lächeln auf ihrem Gesicht verblasste nicht. Sie warf Max einen liebevollen Blick zu, dankbar für seine Geste und gleichzeitig amüsiert über die Reaktionen ihrer Gäste.

In diesem Moment fühlte sie sich nicht nur als Teil des Cafés, sondern auch als Teil einer Gemeinschaft, die ihr Leben auf so viele Arten bereicherte.

Kapitel 8

Einen Tag nach Max' Abreise betrat eine junge Frau das Café. Sie war hübsch, mit lebhaften Augen und einem Akzent, der sofort verriet, dass sie aus Italien stammte. Sie sah sich unsicher um, bis ihr Blick auf Emma fiel.

«Entschuldigung, ich suche jemanden», begann sie, ihre Stimme zitterte leicht. «Mein Verlobter, ich dachte, ich könnte ihn hier finden. Er heißt Max Richter.»

Emmas Herz schien für einen Moment auszusetzen.

«Max? Ihr Verlobter?», wiederholte sie ungläubig.

Die Italienerin nickte und zog ein Foto hervor, auf dem sie und Max zu sehen waren, lächelnd und glücklich.

«Wir haben uns in Rom kennengelernt. Er sagte, er würde nach Hamburg kommen, aber ich habe seit Tagen nichts mehr von ihm gehört. Ich mache mir Sorgen.»

Emmas Welt drehte sich. Fragen und Zweifel begannen, sich in ihrem Kopf zu formieren. Sie erinnerte sich an Max' Geschichten, an die spontane Hochzeit in Italien, die er erwähnt hatte. Hatte er dabei etwa über seine eigene Verlobung gesprochen?

Die junge Frau sah Emma erwartungsvoll an, ihre Augen suchten nach Antworten. Emma wusste nicht, was sie sagen sollte. Die Offenbarung hatte sie völlig überrumpelt.

«Ich… ich weiß nicht genau, wo Max ist», stammelte Emma. «Er ist für eine Woche auf einer Geschäftsreise.»

Die Italienerin sah enttäuscht aus, aber sie lächelte schwach. «Danke. Ich werde warten müssen. Vielleicht höre ich noch von ihm.»

Nachdem die junge Frau das Café verlassen hatte, stand Emma da, gefangen in einem Wirbel aus Emotionen. Verwirrung, Enttäuschung und ein Gefühl des Verrats durchzogen sie. War alles zwischen ihr und Max nur eine Illusion gewesen? Wer war er wirklich? Und was bedeutete das für ihre Zukunft?

In diesem Moment fühlte sich das Café, das sonst so voller Leben und Wärme war, kalt und leer an. Emma wusste, dass sie Antworten brauchte, aber tief in ihrem Inneren fürchtete sie sich vor dem, was sie vielleicht entdecken würde.

Nach dem verwirrenden Besuch der jungen Italienerin war Emma tief beunruhigt. Das Café, das sonst ein Ort der Freude und des Komforts war, fühlte sich nun fremd und unruhig an. Emmas Gedanken kreisten unaufhörlich um Max und die mysteriöse Frau. Hatte Max ein Doppelleben geführt? Kannte sie ihn überhaupt wirklich?

Mit jedem Tag, der ohne Nachricht von Max verging, wuchs Emmas Unruhe. Sie versuchte, sich auf ihre täglichen Aufgaben im Café zu konzentrieren, aber fand sich immer wieder in Gedanken verloren, die Realität des Cafés vermischt mit ihren Sorgen um Max.

«Emma, du siehst so besorgt aus. Ist alles in Ordnung?», fragte ihre Mutter eines Morgens, während sie gemeinsam das Café für den Tag vorbereiteten.

Emma zögerte, aber dann entschied sie sich, ihrer Mutter von dem Besuch der Italienerin und deren Behauptung zu erzählen. Ihre Mutter hörte besorgt zu und legte dann tröstend ihre Hand auf Emmas Arm.

«Liebes, das klingt alles sehr kompliziert. Aber vielleicht gibt es eine Erklärung. Max schien mir immer ehrlich und aufrichtig.»

Emma nickte, aber in ihrem Herzen blieben Zweifel. Die Ungewissheit und die fehlende Kommunikation von Max machten es schwer, ihre Gedanken zu ordnen.

Kapitel 9

Die Tage vergingen und Emmas Unruhe wuchs. Sie entschied sie sich, ihre Gedanken in ihrer Kunst zu kanalisieren. Sie begann, an einem neuen Gemälde zu arbeiten, das ihre gemischten Gefühle und die turbulente Zeit widerspiegelte.

Das Motiv war die Elbe bei Sonnenuntergang, mit einem Leuchtturm auf der linken Seite, der als Symbol der Hoffnung und Orientierung inmitten der Unbeständigkeit des Lebens stand. Die warmen Farben des Himmels boten einen Kontrast zu den dunkleren Tönen des Wassers, was ihre aktuelle Gemütslage perfekt einfing.

Das Malen wurde zu einer Art Therapie, half ihr, ihre Emotionen auszudrücken, und vielleicht auf eine Antwort zu hoffen.

In einer ruhigen Nacht, nachdem das Café geschlossen war, stand Emma vor ihrem fast fertigen Gemälde.

Die lebhaften Farben und dynamischen Formen auf der Leinwand, zusammen mit dem beruhigenden Bild des Leuchtturms und der untergehenden Sonne, spiegelten ihre innere Zerrissenheit und gleichzeitig ihre Hoffnung wider.

In diesem Moment wurde ihr klar, dass sie, unabhängig von der Wahrheit über Max, stark genug war, ihren eigenen Weg zu gehen. Das Gemälde war nicht nur ein Ausdruck ihrer aktuellen Gefühle, sondern auch ein Zeichen ihrer Resilienz und ihres Mutes, sich den Herausforderungen des Lebens zu stellen.

Emma wischte sich die Hände an ihrer Schürze ab, weil ihr Handy auf der Theke vibrierte. Sie spürte, wie ihr Herz einen Schlag aussetzte – eine Nachricht von Max. Es war das erste Lebenszeichen von ihm seit seiner Abreise.

«Ich muss länger in Frankfurt bleiben. Arbeit fordert ihren Tribut. Kann leider nicht telefonieren. Vermisse dich. – Max»

Ein Gefühl der Enttäuschung breitete sich in ihr aus. Noch eine Woche ohne ihn, noch länger in diesem Zustand der Ungewissheit. Emma seufzte tief und steckte das Handy zurück in ihre Tasche.

In diesem Moment betrat Laura das Café. Ihre täglichen Besuche waren mittlerweile zu einer vertrauten Konstante in Emmas Leben geworden. Doch heute lag eine besondere Spannung in der Luft.

«Max bleibt noch eine Woche in Frankfurt», teilte Emma ihr mit einem Anflug von Resignation mit.

Laura nickte verstehend. «Ich hoffe, es geht ihm gut. Ich habe schon eine Weile nichts mehr von ihm gehört.»

Emmas Stirn legte sich in Falten. Lauras Anwesenheit und ihre Suche nach Max weckten in Emma eine Mischung aus Mitgefühl und Eifersucht.

Emmas Gedanken wirbelten. Was verbarg Max vor ihr? Warum hatte er Laura nicht erwähnt? Die Fragen häuften sich wie unaufgeklärte Rätsel in ihrem Kopf.

Nachdem Laura das Café verlassen hatte, fühlte Emma sich seltsam alleingelassen. Max' Abwesenheit und die ungelösten Fragen um seine Beziehung zu Laura ließen sie in einem Meer von Zweifeln treiben.

Sie musste mit Max reden, das stand fest.

Doch bis zu seiner Rückkehr würde sie in dieser Schwebe des Nichtwissens verharren müssen. Ihn anzurufen oder eine Nachricht zu schicken,war einfach nicht ihre Art. Sie wollte das persönlich klären.

In der Stille des fast leeren Cafés fragte sich Emma, was die Zukunft für sie, für Max und für das, was zwischen ihnen war, bereithielt.

Kapitel 10

Das morgendliche Treiben im Café Mahler wurde durch das Eintreten einer Gruppe von Menschen unterbrochen, die sich unter lebhaften italienischen Konversationen um Laura gruppierten.

Emma, die hinter der Theke stand, erkannte schnell, dass es Lauras Familie sein musste.

Laura führte ihre Familie zu einem der größeren Tische im Café. Emma beobachtete aus der Distanz, wie Laura sich bemühte, ihre offensichtliche Nervosität zu verbergen, während sie sich mit ihren Eltern und einem älteren Bruder unterhielt.

Während Emma diskret Kaffee und Gebäck servierte, konnte sie nicht umhin, Teile des Gesprächs aufzuschnappen.

Sie hörte, wie Lauras Mutter und Vater wiederholt «Max» und «Hochzeit» erwähnten. Emma wusste von Lauras Verlobung mit Max, aber die Intensität und Dringlichkeit, mit der Lauras Familie darüber sprach, ließ sie stutzen. Es schien, als stünde die Hochzeit unmittelbar bevor, eine Tatsache, die Emma überraschte.

Laura reagierte mit beruhigenden Gesten und Worten, doch ihre Mimik verriet eine tiefe Besorgnis. Emma spürte, dass die Situation komplexer war, als es auf den ersten Blick schien.

Warum wirkte Laura so beunruhigt, wenn ihre Hochzeit mit Max anstand?

Nachdem Lauras Familie das Café verlassen hatte, blieb Laura einen Moment allein am Tisch sitzen, sichtlich in Gedanken versunken.

Emma hielt inne, überlegte, ob sie sich einmischen sollte, entschied sich dann aber dagegen.

Es war offensichtlich, dass Laura mit etwas rang, das weit über eine normale Vor-Hochzeitsnervosität hinausging.

Der Tag im Café verlief weiter, aber Emmas Gedanken kreisten immer wieder um die kurzen Gesprächsfetzen und Lauras besorgte Miene.

Es gab offensichtlich Aspekte in Lauras Beziehung zu Max, die Emma nicht kannte, und die Spannung, die sie gespürt hatte, deutete darauf hin, dass nicht alles so war, wie es scheinen mochte.

Als Emma schließlich das Café für den Abend schloss, war sie erfüllt von einem Gefühl der Unsicherheit und Neugier. Was genau ging vor in der Beziehung zwischen Laura und Max? Und was würde Max' Rückkehr für alle Beteiligten bedeuten?

Laura kam weiterhin täglich ins Café, aber die Gespräche zwischen ihr und Emma waren kurz und voller unausgesprochener Fragen. Laura schien in

Gedanken versunken und besorgt, und Emma spürte, dass etwas im Verborgenen lag, das die Atmosphäre schwer machte.

An einem ruhigen Nachmittag, als das Café fast leer war, saß Emma mit einer Tasse Kaffee am Tisch und ließ ihren Blick über die Straße schweifen. Ihre Gedanken kreisten unaufhörlich um Max.

Sie fragte sich, wie viel er von der Situation wusste und wie er darauf reagieren würde, wenn er von der unerwarteten Ankunft von Lauras Familie erfuhr.

Ihr Handy vibrierte auf dem Tisch, und Emma sah auf. Eine Nachricht von Max. Er würde in zwei Tagen zurückkehren. Ein Gefühl der Erleichterung durchströmte sie, gefolgt von einer Welle der Besorgnis.

Was würde seine Rückkehr bringen? Würden sich alle Missverständnisse klären?

Der Tag von Max Rückkehr stand bevor. Emma fühlte sich nervös und erwartungsvoll. Sie hatte das Café früh geöffnet und wartete ungeduldig auf sein Erscheinen.

Jedes Mal, wenn die Türklingel ertönte, zuckte sie zusammen, in der Hoffnung, Max zu sehen.

Mittags betrat Max endlich das Café. Sein Blick war ernst, und als er Emma sah, huschte ein flüchtiges Lächeln über sein Gesicht.

«Emma», begrüßte er sie. «Es ist gut, zurück zu sein.»

Sie sahen sich einen Moment lang an, und in diesem Blick lag eine Mischung aus Erleichterung und angespannter Erwartung.

«Wir müssen reden», sagte Emma, ihre Stimme zitterte leicht.

Max nickte. «Ja, das müssen wir.»

Sie setzten sich an einen abgelegenen Tisch. Emma holte tief Luft und begann, von Lauras Familie zu erzählen, von ihren Erwartungen und der spürbaren Anspannung, die sie hinterlassen hatten.

Max hörte schweigend zu, sein Gesichtsausdruck wurde nachdenklicher.

«Ich wusste nicht, dass sie so bald kommen würden», sagte er schließlich. «Laura und ich… es gibt Dinge, die du wissen solltest.»

In diesem Moment kam Laura ins Café. Sie sah Max und Emma zusammen und hielt inne, ein Ausdruck des Zögerns auf ihrem Gesicht. Dann, mit entschlossenen Schritten, kam sie zu ihnen.

«Max, Emma, ich muss mit euch reden», begann Laura, ihre Stimme fest, aber ihre Augen voller Sorge.

Das Café Mahler war erfüllt von einer angespannten Stille, als Laura begann, die Wahrheit zu enthüllen. Emma und Max saßen ihr gegenüber, beide sichtlich angespannt und erwartungsvoll.

«Max und ich… unsere ‚Verlobung‘ war eine Erfindung», begann Laura, ihre Stimme zitterte merklich. «Es war der einzige Weg, wie ich von meiner Familie die Erlaubnis bekommen konnte, nach Deutschland zu reisen. Sie sind sehr traditionell und hätten nie zugestimmt, wenn sie nicht geglaubt hätten, ich wäre verlobt.»

Max sah betroffen aus, als er ergänzte: «Es begann alles vor einigen Jahren. Laura und ich lernten uns bei einem Journalismus-Seminar in Rom kennen. Sie sprach immer davon, in Deutschland zu arbeiten, aber ihre Familie war strikt dagegen. Eines Abends, halb im Scherz, schlug ich vor, eine Verlobung vorzutäuschen, um ihnen ihre Freiheit zu ermöglichen. Ich hätte nie gedacht, dass es so weit kommen würde.»

Emmas Herz raste bei dieser Offenbarung.

«Aber warum habt ihr mir nichts davon erzählt?», fragte sie, ihre Stimme ein

Gemisch aus Verwirrung und Enttäuschung.

Max blickte sie direkt an, seine Augen voller Bedauern. «Ich wollte es dir beichten, Emma. Aber als ich dich traf, änderte sich alles für mich. Meine Gefühle für dich wurden stärker, und ich wusste nicht, wie ich es dir erklären sollte, ohne dich zu verletzen.»

Laura fügte hinzu, während sie zwischen Emma und Max hin und her blickte: «Ich hatte keine Ahnung von deinen Gefühlen für Emma, Max. Hätte ich es gewusst, hätte ich niemals so weit gehen dürfen. Meine Flucht vor den Erwartungen meiner Familie hat uns alle in diese verwickelte Situation gebracht.»

Max senkte den Kopf. «Ich war hin- und hergerissen. Einerseits fühlte ich mich Laura gegenüber verpflichtet, andererseits wurde mir klar, dass meine Zukunft bei dir liegt, Emma. Ich war feige und habe die Wahrheit zu lange verborgen.»

Emma, nun mit einem tieferen Verständnis für die komplizierte Dynamik zwischen Max und Laura, fühlte sich trotzdem verletzt.

«Es ist schwer, all das jetzt zu erfahren. Ich wünschte, ihr hättet mir früher die Wahrheit gesagt.»

Nachdem die Wahrheit über Lauras Beziehung zu Max ans Licht gekommen war, stand Emma vor neuen Herausforderungen im Café Mahler.

Sie war entschlossen, Laura zu helfen, deren Familie eine schnelle Hochzeit erwartete, um den traditionellen Werten gerecht zu werden.

Kapitel 11

Kurze Zeit später kam Max wieder ins Café. Die Atmosphäre zwischen ihnen war geprägt von einer Mischung aus Verständnis und dem gemeinsamen Wunsch, Laura zu unterstützen.

«Max, wir müssen einen Weg finden, Laura zu helfen», sagte Emma, während sie sich an einen ruhigen Tisch setzten. «Ihre Familie erwartet eine Hochzeit, und wir können sie nicht enttäuschen, ohne ihre Situation zu verschlimmern.»

Max nickte zustimmend. «Ich fühle mich verantwortlich. Wir müssen etwas tun, das Lauras Familie beruhigt, aber ihr gleichzeitig die Freiheit gibt, ihre eigenen Entscheidungen zu treffen.»

«Vielleicht könnten wir vorschlagen, dass Laura und du noch einige kirchliche Beratungen oder Vorbereitungskurse benötigt, bevor die Hochzeit stattfinden kann», überlegte Emma. «Das würde ihr etwas Zeit verschaffen und gleichzeitig den Anschein wahren.»

Max stimmte zu. «Das klingt nach einem vernünftigen Plan. Wir sollten das mit Laura besprechen.»

Als Laura wenig später ins Café kam, spiegelte ihr Gesichtsausdruck ihre innere Zerrissenheit wider.

Während Emma und Max ihr den Plan darlegten, hörte sie mit einer Mischung aus Hoffnung und Bedenken zu. Laura hatte schon immer zwischen den Erwartungen ihrer Familie und ihrem eigenen Wunsch nach Selbstbestimmung jongliert. Dieser Plan könnte eine Brücke zwischen diesen beiden Welten sein.

«Das könnte wirklich klappen», sagte Laura schließlich, eine Spur von Erleichterung in ihrer Stimme. «Es würde mir den nötigen Freiraum geben und gleichzeitig meine Familie beruhigen, dass wir den traditionellen Pfaden folgen.»

Die drei verbrachten einige Zeit damit, die Details zu besprechen und sich gegenseitig Mut zuzusprechen. Es war ein Moment des Zusammenhalts, der zeigte, wie sehr sie alle durch diese unerwartete Wendung zusammengewachsen waren.

Nachdem Laura das Café verlassen hatte, tauschten Emma und Max dankbare Blicke aus.

«Danke, Max. Dass wir Laura so unterstützen, bedeutet mir wirklich viel», sagte Emma, ihre Stimme voller Anerkennung für Max' Bemühungen.

Max lächelte. «Ich habe dir zu danken. Schließlich habe ich ihr das Ganze ja auch mit eingebrockt. Du und ich, wir sind ein starkes Team, Emma. Gemeinsam schaffen wir das.»

In diesem Moment betrat ein neuer Gast das Café – ein attraktiver junger Mann, der suchend umherblickte. Sein

Blick fiel auf Emma, und er trat zögerlich näher.

«Entschuldigen Sie, ich suche nach einer Frau namens Laura. Ich habe gehört, sie kommt oft hierher», sagte er.

Emma kannte ihn nicht, aber sein ernster Ausdruck weckte ihre Neugier.

«Laura ist gerade nicht da. Kann ich ihr etwas ausrichten?»

Der junge Mann zögerte, dann stellte er sich vor.

«Mein Name ist Francesco. Ich bin ein alter Freund von Laura aus unserer Kindheit in Italien. Lauras Großmutter hat mich kontaktiert und mir von Lauras bevorstehender Hochzeit erzählt. Wir waren einst unzertrennlich, bis das Schicksal uns auseinandertrieb.»

Emma war überrascht. Diese Wendung schien fast zu dramatisch, um wahr zu sein, doch Francescos aufrichtiger Tonfall ließ keinen Zweifel an seiner Ernsthaftigkeit.

«Ich werde Laura informieren, dass Sie
nach ihr suchen», versprach Emma.
«Vielleicht schauen Sie später noch einmal vorbei.»
Nachdem Francesco gegangen war, ver-
blieb Emma in einem Zustand der Ver-
wunderung. Wie würde diese unerwartete Begegnung Lauras Situation beein-
flussen?

Kapitel 12

Später am Tag kehrte Laura zurück. Emma berichtete ihr sofort von Francescos Besuch. Laura reagierte mit einer Mischung aus Überraschung und tiefer emotionaler Regung.

«Francesco ist hier?», fragte sie ungläubig. «Wir waren so eng verbunden, bis er fortzog», sagte Laura mit einer Stimme, die von einem Hauch von Nostalgie getragen wurde. «Nach all den Jahren… ich hätte nie zu träumen gewagt, dass unsere Wege sich wieder kreuzen würden.»

«Er erzählte, dass deine Großmutter ihm von der Hochzeit berichtet hat», fügte Emma hinzu.

Laura wirkte nachdenklich. «Meine Großmutter glaubte immer, dass Francesco und ich füreinander bestimmt sind. Es ist fast wie ein Märchen, dass er jetzt hier ist.»

Emma sah, wie Laura mit gemischten Gefühlen kämpfte.

«Was wirst du tun?», fragte sie sanft.

«Ich muss mit ihm reden», entschied Laura. «Ich muss herausfinden, was das für uns beide bedeutet.»

Laura blickte auf die Uhr. «Francesco sagte, er käme später wieder. Ich hoffe, ich kann dann mit ihm sprechen.»

Als Francesco schließlich das Café betrat und Laura erblickte, war die Verbindung zwischen ihnen sofort spürbar. Trotz der Jahre und der Distanz schien ihre gemeinsame Vergangenheit lebendig.

Sie unterhielten sich, und Emma beobachtete, wie Laura bei jedem Wort, das Francesco sprach, sichtbar auflebte. Die Bande ihrer Kindheit und Jugend schienen ungebrochen.

Schließlich nahm Francesco Lauras Hand.

«Laura, ich habe dich nie vergessen. Als ich von deiner bevorstehenden Hochzeit hörte, musste ich dich sehen, bevor es zu spät ist.»

Laura antwortete mit einer Mischung aus Wehmut und Freude. «Francesco, ich habe auch immer an dich gedacht.»

«Ich weiß, das ist alles sehr plötzlich, aber ich habe ein Angebot für dich», sagte Francesco. «Ich möchte, dass du meine Frau wirst. Ich liebe dich, und ich möchte, dass wir unser Leben gemeinsam verbringen.»

Emma spürte aus der Ferne, wie das Café von einer Atmosphäre voller Hoffnung und Liebe erfüllt wurde. Lauras Antwort, ein strahlendes Lächeln, ließ keinen Zweifel an ihrer Entscheidung.

«Ja, Francesco, ich will dich heiraten», sagte Laura, Tränen der Freude in den Augen.

Bevor sie das Café verließen, kam Laura noch einmal zurück zu Emma und umarmte sie. «Ich kann es kaum glauben. Alles fühlt sich so richtig an», sagte sie.

Emma erwiderte die Umarmung. «Ich bin so glücklich für dich, Laura. Du und Francesco, ihr gehört zusammen.»
Laura nickte.
«Ich muss jetzt mit meiner Familie sprechen und ihnen alles erklären. Aber ich weiß, dass ich den richtigen Weg gewählt habe.»

Kapitel 13

Einige Tage später, als Laura mit froher Kunde in das Café Mahler zurückkehrte, sah Emma, wie sich Lauras Mut und Entschlossenheit ausgezahlt hatten. Sie saßen zusammen, umgeben von dem vertrauten Duft des Kaffees, und Emma war begierig darauf, mehr über die Reaktion von Lauras Familie zu erfahren.

«Wie haben deine Eltern darauf reagiert, dass du Francesco heiraten wirst?», fragte Emma, während sie zwei dampfende Tassen Kaffee auf den Tisch stellte.

Laura lächelte, ein Lächeln, das von einer tiefen Erleichterung zeugte. «Es war überraschenderweise positiver, als ich erwartet hatte. Anfangs waren sie natürlich geschockt. Aber dann hat meine Mutter etwas gesagt, das mir immer im Gedächtnis bleiben wird.»

«Was hat sie gesagt?», fragte Emma, ihre Neugier geweckt.

«Sie sagte, ‚Ich bin für eine Hochzeit gekommen, und es wird eine Hochzeit stattfinden‘», erzählte Laura. «Ihre Worte haben mir gezeigt, dass sie letztendlich nur wollen, dass ich glücklich bin. Sie haben Francesco akzeptiert, als sie sahen, wie sehr ich ihn liebe.»

Emma nickte zustimmend.

«Das ist wirklich wunderbar, Laura. Es klingt, als ob deine Eltern trotz ihrer traditionellen Haltung ein großes Herz haben.»

«Ja, das haben sie», bestätigte Laura.

«Sie mögen ihre Traditionen und Erwartungen haben, aber am Ende ist ihnen mein Glück das Wichtigste. Und sie haben gesehen, wie glücklich ich mit Francesco bin.»

«Das ist eine wundervolle Wendung», sagte Emma lächelnd. «Alles geht seinen richtigen Weg.»

«Ja, tatsächlich», sagte Laura. «Ich bin dir so dankbar, Emma. Deine Unterstützung war in diesem ganzen Chaos unbezahlbar.»

«Ich bin einfach froh, dass ich für dich da sein konnte», erwiderte Emma. «Und ich freue mich schon darauf, auf deiner Hochzeit zu tanzen.»

Die beiden lachten und vertieften sich in die weiteren Hochzeitsplanungen. Für Emma war es eine besondere Freude, Teil von Lauras neuem Lebenskapitel zu sein.

Mit der Klärung von Lauras Situation fand Emma nun mehr Raum, sich ihrer Beziehung zu Max zu widmen.

Die geografische Nähe zwischen Lübeck und Hamburg bot ihnen die perfekte Gelegenheit, ihre Bindung zu stärken. Sie genossen ihre gemeinsamen Wochenenden, die ihnen erlaubten, aus dem Alltag auszubrechen und sich aufeinander zu konzentrieren.

Kapitel 14

An einem Freitagabend, nachdem das Café geschlossen hatte, trafen sich Emma und Max in Hamburg. Max, der direkt von der Arbeit kam, hatte eine Tasche mit persönlichen Gegenständen für die nächsten Tage dabei.

Max schloss Emma in seine Arme. «Ich dachte, wir könnten den Abend mit einem schönen Essen beginnen.»

Emma lächelte. «Das klingt perfekt. Ich freue mich darauf.»

Max erwiderte mit einem verschmitzten Lächeln: «Ich habe uns einen Platz in diesem neuen Restaurant reserviert, über das alle reden. Ich dachte, ein Abendessen mit Blick auf das Wasser wäre der perfekte Start in unser Wochenende.»

Nach einem entspannten Abendessen, bei dem sie die frische Seeluft und die beruhigende Melodie der Elbe genossen, führte Emma Max zurück zum Café Mahler, das nun in der Abendstille ruhte.

Sie schloss auf und führte ihn in den hinteren Raum, wo ihr künstlerisches Atelier lag.

«Ich möchte dir etwas zeigen», sagte Emma, eine Spur von Nervosität in ihrer Stimme. Sie enthüllte das Gemälde, an dem sie in den letzten Wochen gearbeitet hatte. Es war das Bild von der Elbe und dem Leuchtturm im Sonnenuntergang, das sie begonnen hatte, kurz nachdem Laura aufgetaucht war.

Max trat näher, seine Augen betrachteten jedes Detail des Bildes. «Das ist unglaublich, Emma. Es hat so viel Gefühl», sagte er, sichtlich beeindruckt.

Emma lächelte, ermutigt durch sein Lob.

«Es ist mehr als nur ein Hobby für mich», gestand sie. Emma sprach mit leiser Hoffnung in ihrer Stimme: «Weißt du, tief in meinem Herzen habe ich immer davon geträumt, meine Leidenschaft in meinen Lebensunterhalt zu verwandeln. Jeder Strich, jede Farbe auf dieser Leinwand… sie sind Teile von mir, die ich der Welt zeigen möchte.»

Max sah sie bewundernd an und sagte aufrichtig: «Emma, deine Kunst spricht Bände. Sie zeigt deine Seele und deine unglaubliche Gabe. Es ist an der Zeit, dass die Welt deine Vision sieht und sich darin verliert, so wie ich es tue.»

Emmas Augen leuchteten vor Freude und Dankbarkeit. «Das bedeutet mir so viel, Max. Ich hatte Angst, es dir zu sagen, aber jetzt fühle ich mich gestärkt, es zu verfolgen.»

Sie standen einen Moment lang zusammen, betrachteten das Gemälde – ein Symbol von Emmas Hoffnungen und Träumen.

In dieser ruhigen Stunde im Café, umgeben von Emmas Kunst, fühlten sie sich einander noch näher. Es war, als hätte Max nicht nur ihr Bild, sondern auch einen Teil ihres Herzens gesehen.

Am nächsten Tag, unter einem strahlend blauen Himmel, machten sich Emma und Max auf den Weg nach Lübeck. Max war aufgeregt, Emma die Stadt zu zeigen, in der er aufgewachsen war.

Es war für ihn eine Reise in die Vergangenheit, eine Gelegenheit, Emma einen tieferen Einblick in sein Leben zu geben.

Sie schlenderten durch die historischen Straßen, umgeben von alten Gebäuden, deren Mauern Geschichten aus vergangenen Jahrhunderten zu erzählen schienen. Max führte Emma zu einem kleinen versteckten Hof, den er als Kind oft besucht hatte.

«Hier habe ich Stunden mit Spielen und Träumen verbracht», erzählte er, während er in Erinnerungen schwelgte.

«Ich liebe diese Stadt», sagte Emma, beeindruckt von der Atmosphäre und

Schönheit Lübecks. «Jede Ecke scheint etwas Besonderes zu verbergen.»

«Und ich liebe es, sie dir zu zeigen», erwiderte Max, seine Hand sanft in ihrer. «Es ist, als würde ich einen Teil von mir mit dir teilen.»

Am Sonntag kehrten sie nach Hamburg zurück, um den Tag im gemütlichen Ambiente des Café Mahlers ausklingen zu lassen. Sie saßen bei einer Tasse Kaffee zusammen, umgeben von der vertrauten Wärme des Cafés, und tauschten Gedanken über ihre Erlebnisse aus.

«Dieses Wochenende war perfekt», sagte Emma, während sie über die kleinen Abenteuer und Entdeckungen des Wochenendes sprachen. «Ich freue mich schon darauf, mehr von deiner Welt zu sehen.»

Später am Abend verabschiedeten sie sich voller Wärme und Vorfreude. Max hielt Emma fest in seinen Armen. «Ich werde dich vermissen», flüsterte er.

«Ich dich auch», antwortete Emma, ihre Stimme voller Zuneigung. «Aber ich freue mich schon auf unser nächstes Treffen.»

Kapitel 15

Emma wachte ein paar Tage später mit einem Gefühl der Erwartung auf. Sie hatte die Absicht, den Tag in ihrem Atelier zu verbringen, um an einem neuen Gemälde zu arbeiten, das schon seit Tagen in ihrem Kopf Gestalt annahm.

Nach einem schnellen Frühstück machte sie sich auf den Weg dorthin.

Als Emma das Atelier betrat, erstarrte sie. Wo normalerweise ihre Leinwände und Farben warteten, herrschte gähnende Leere.

Ihr Herz begann schneller zu schlagen, während sie verwirrt durch den Raum blickte. Jedes Bild, jedes Skizzenbuch, sogar ihre Farbtuben waren verschwunden. Panik stieg in ihr auf.

«Wie kann das sein?», flüsterte sie und griff nach ihrem Handy, um Max anzurufen. Vielleicht konnte er helfen oder zumindest Trost spenden.

Bevor sie die Nummer wählen konnte, klingelte ihr Handy. Es war Max.

Mit bebender Stimme sagte Emma: «Max, es ist unfassbar… mein Atelier, es ist leer! Jedes Einzelne meiner Werke… verschwunden!»

Max antwortete beruhigend: «Emma, ich verstehe, dass du beunruhigt bist, aber vertraue mir. Es gibt einen guten Grund dafür. Triff mich an der ,Hamburger Kunstpalette'. Dort wartet etwas Besonderes auf dich.»

Verwirrt, aber neugierig, machte sich Emma auf den Weg zur genannten Adresse. Die ,Hamburger Kunstpalette' war eine renommierte Galerie, bekannt für die Förderung lokaler Künstler.

Sie kam an und Max stand vor der Galerie. Er begrüßte sie mit einem breiten Lächeln.

«Komm, ich zeige dir etwas», sagte er und führte sie hinein.

Drinnen erwartete Emma eine weitere Überraschung. Die Wände der Galerie waren geschmückt mit ihren eigenen Werken – jedes Bild, jede Skizze, die sie je geschaffen hatte, war hier sorgfältig ausgestellt. Besucher schlenderten durch die Räume, betrachteten die Kunstwerke und äußerten ihre Bewunderung.

«Max, was ist das?», fragte Emma, Tränen der Rührung in den Augen.

«Ich wollte dir zeigen, wie sehr ich an dein Talent glaube», erklärte Max. «Ich habe einige Kontakte in der Kunstszene genutzt, um diese Ausstellung zu organisieren. Ich dachte, es wäre an der Zeit, dass deine Kunst die Anerkennung bekommt, die sie verdient.»

Emma stand am Eingang ihrer ersten eigenen Kunstausstellung, ihr Herz klopfte vor Aufregung und Stolz. Die Wände der Galerie waren bedeckt mit ihren Werken – jede Leinwand ein Fenster in ihre Seele, jedes Bild ein Teil ihrer Geschichte.

Die Gäste, eine Mischung aus Kunstliebhabern, Kritikern und Neugierigen, schlenderten durch die Räume, ihre Augen wanderten von einem Kunstwerk zum nächsten. Emma beobachtete, wie sie vor ihren Bildern stehenblieben, die Köpfe neigten, flüsterten und gestikulierten.

Ihre Nervosität verwandelte sich langsam in ein Gefühl der Zufriedenheit, als sie sah, wie ihre Kunst die Menschen fesselte.

An einem Bild, das eine lebendige Straßenszene in Hamburg zeigte, entstand eine kleine Menschentraube. Die lebhaften Farben und die dynamische Komposition hatten offensichtlich die Aufmerksamkeit auf sich gezogen. Emma hörte, wie ein älterer Herr das Spiel von Licht und Schatten lobte und wie eine junge Frau von der «Energie und Lebendigkeit» des Werkes schwärmte.

Plötzlich erblickte Emma ein bekanntes Gesicht – Herr Schmidt, der Stammgast aus ihrem Café, betrat die Galerie. Er trug einen etwas unbeholfenen Anzug, sein Gesichtsausdruck eine Mischung aus Stolz und Verlegenheit. Als er Emma sah, kam er auf sie zu.

«Meine liebe Emma, ich muss sagen, das hier übertrifft alle meine Erwartungen», sagte er und blickte sich um. «Deine Bilder… sie haben eine ganz eigene Sprache.»

Emma lächelte. «Herr Schmidt, ich freue mich sehr, Sie hier zu sehen. Haben Sie ein Lieblingsbild?»

Er deutete auf ein abstraktes Werk, das in sanften Blautönen gehalten war. «Dieses hier spricht mich besonders an. Es erinnert mich an die Nordsee, an einen Ort meiner Kindheit. Ich würde es gerne kaufen.»

Emma war überrascht und erfreut zugleich. «Natürlich, das wäre mir eine Ehre.»

Plötzlich trat eine elegante Frau auf sie zu.

«Sind Sie Emma Mahler?», fragte sie. «Mein Name ist Claudia Heinrich, ich bin die Direktorin der Kunstpalette. Ihre Arbeiten sind außergewöhnlich. Wir würden gerne weiterhin mit Ihnen zusammenarbeiten und Ihre Kunst einem breiteren Publikum präsentieren.»

Emmas Herz machte einen Sprung. Dies war der Moment, von dem sie immer geträumt hatte. Sie blickte zu Max, dessen Augen vor Stolz strahlten.

«Ja, ich bin Emma Mahler. Und ich würde mich freuen, mit Ihnen zusammenzuarbeiten», antwortete sie mit einer Stimme, die vor Aufregung zitterte.

Während Emma und Max Hand in Hand durch die Galerie schlenderten, reflektierte Emma über den Abend. Sie fühlte sich wie auf einer Reise, die gerade erst begonnen hatte – eine Reise voller künstlerischer Entdeckungen und persönlicher Entfaltung. Jedes verkaufte Bild war ein Zeichen der Anerkennung und ein Schritt in Richtung einer vielversprechenden Zukunft. Inmitten dieser Gedanken hörte Emma eine vertraute Stimme hinter sich. Sie drehte sich um und sah ihre Mutter, die mit strahlenden Augen auf sie zukam.

«Emma, mein Kind, das ist alles so wunderbar hier», sagte sie und umarmte ihre Tochter fest.

«Mama, ich bin so froh, dass du gekommen bist», erwiderte Emma, während sie die Wärme ihrer Mutter spürte.

«Wie könnte ich diesen wichtigen Moment in deinem Leben verpassen?», erwiderte ihre Mutter. «Außerdem habe ich gute Nachrichten. Ich habe eine fantastische Mitarbeiterin gefunden, die mich im Café unterstützen wird. Das bedeutet, du kannst dich noch mehr auf deine Kunst konzentrieren.»

Emmas Augen leuchteten vor Freude.

«Das ist großartig, Mama! Das bedeutet mir so viel.»

Ihre Mutter lächelte stolz.

«Du hast so hart gearbeitet, Emma. Es ist an der Zeit, dass deine Träume wahr werden. Ich bin so stolz auf dich und darauf, was du erreicht hast.»

Max stand daneben und beobachtete den Austausch mit einem Lächeln.

«Sie haben jede Menge Grund zum Stolz, Frau Mahler. Emma ist eine außergewöhnliche Künstlerin.»

«Das ist sie», stimmte Emmas Mutter zu. «Und ich weiß, dass das erst der Anfang ist. Es wird noch so viel mehr kommen.»

Emma fühlte sich überwältigt von der Liebe und Unterstützung ihrer Mutter.

Dieser Abend war nicht nur ein persönlicher Triumph, sondern auch eine Bestätigung der engen Bindung, die sie mit ihrer Mutter teilte.

Während sie dort stand, umgeben von den Werken ihres Herzens und den Menschen, die sie am meisten liebte, spürte sie eine tiefe Dankbarkeit und die aufregende Vorahnung auf das, was noch kommen mochte.

Sie wandte sich Max zu, dessen Augen voller Stolz und Bewunderung auf ihr ruhten. In seinem Blick lag ein Versprechen – ein Versprechen der unerschütterlichen Unterstützung und des Glaubens an ihre Fähigkeiten.

Sanft beugte er sich zu ihr, seine Worte kaum mehr als ein Hauch: «Ich glaube an dich, Emma. Immer.»

Kapitel 16

Einige Monate später, als der Frühling Hamburg in ein Meer aus Blüten und Sonnenschein hüllte, fand Lauras Hochzeit statt. Das Café Mahler war für diesen besonderen Tag geschlossen, denn Emma wollte keinen Moment dieser Feierlichkeit verpassen.

Die Kirche, ein altes Gemäuer mit Geschichte in jeder Steinritze, war liebevoll mit frischen Blumen geschmückt.

Die warme Nachmittagssonne tauchte durch die bunten Glasfenster ein und erschuf eine Atmosphäre, die an ein Gemälde erinnerte. Emma, in ihrem eleganten Kleid, fühlte sich wie in einer anderen Welt.

Als Laura den Mittelgang entlangschritt, an der Seite ihres stolzen Vaters, war sie die Verkörperung von Eleganz und Glück. Ihr Brautkleid schimmerte sanft im Licht der Kirche, und ihre

Augen strahlten vor Freude. Am Altar wartete Francesco, sein Blick voller Liebe und Bewunderung für die Frau, die gleich seine Ehefrau werden sollte. In einem Moment stiller Versprechen und tiefer Verbundenheit berührten sich ihre Hände.

Emma, vom Rand des Geschehens aus, fühlte sich tief bewegt. Sie dachte an die unerwarteten Wendungen, die zu diesem Augenblick geführt hatten, und ein Gefühl der Dankbarkeit durchströmte sie. Laura hatte ihren Weg gefunden, und Emma fühlte sich dafür mitverantwortlich.

Die Feier nach der Zeremonie war ein fröhliches Zusammentreffen von Freunden und Familie.

So voll war das Café Mahler noch nie. Die neuen Angestellten hatten trotzdem alles im Griff.

Emma, die neben Max saß, konnte sich ein Lächeln nicht verkneifen, während sie Laura und Francesco beim Tanzen beobachtete.

«Sie sehen so unglaublich glücklich aus», sagte sie zu Max.

«Ja, es ist ein wunderschöner Anblick», erwiderte Max. «Und es erinnert mich daran, wie glücklich ich bin, dich in meinem Leben zu haben.»

Emma blickte zu ihm auf, ergriffen von der Tiefe ihrer eigenen Gefühle. «Ich bin auch glücklich, Max. Mit dir an meiner Seite fühlt sich alles so vollkommen an.»

Im Fortschritt der Nacht tanzten sie mit den anderen Gästen, umgeben von Gelächter, Musik und einer Atmosphäre des gemeinschaftlichen Glücks.

Gegen Ende der Feier nahm Laura Emma für einen Moment beiseite.

«Emma, ich kann dir gar nicht genug danken. Ohne deine Unterstützung wäre dieser Tag vielleicht nie Wirklichkeit geworden.»

«Ich hätte diesen Tag nicht verpassen wollen», sagte Emma und umarmte Laura fest. «Ich wünsche dir und Francesco alles Glück dieser Welt.»

Als Emma und Max später am Abend die Feier verließen, Hand in Hand durch die stillen Straßen von Hamburg schlenderten, fühlten sie sich erfüllt von Hoffnung und Vorfreude auf das, was ihre eigene Zukunft noch bereithalten mochte.

Epilog

In der abgeschiedenen Stille ihres Ateliers stand Emma vor einer großen, noch unvollendeten Leinwand. Ihre Augen waren fest auf das Bild gerichtet, das langsam Gestalt annahm – eine komplexe Komposition aus Schatten und Licht, die eine verlassene Gasse in Hamburg darstellte.

Jeder Pinselstrich war ein Tanz zwischen Geduld und Impuls, zwischen der technischen Fähigkeit, die sie über Jahre hinweg verfeinert hatte, und der emotionalen Tiefe, die sie in jedes ihrer Werke einfließen ließ.

Während sie konzentriert an den Details der Kopfsteinpflasterung arbeitete, hörte sie das leise Klingeln der Ateliertür.

Ein junger Mann, sichtlich nervös und mit einem Skizzenbuch unter dem Arm, trat ein.

«Entschuldigen Sie, sind Sie Emma Mahler? Mein Name ist Lukas, ich bin Kunststudent und ein großer Bewunderer Ihrer Arbeit.»

Emma legte ihren Pinsel beiseite und wandte sich ihm zu. «Ja, das bin ich. Wie kann ich dir helfen, Lukas?»

Lukas trat näher, seine Augen bewunderten das unfertige Werk. «Ich habe einige Ihrer Ausstellungen besucht und war beeindruckt. Könnten Sie mir vielleicht einige Techniken zeigen? Ich kämpfe besonders mit der Darstellung von Licht und Schatten.»

Emma lächelte und nickte. «Natürlich, komm her. Lass mich dir zeigen, wie ich es mache.» Sie führte ihn zu einem kleinen Arbeitstisch, auf dem einige ihrer Skizzen und Studien lagen.

Während sie ihm die Grundlagen der Licht- und Schattendarstellung erklärte, demonstrierte sie an einer kleinen Skizze.

«Siehst du, es geht darum, das Licht so einzufangen, dass es die Szene nicht nur beleuchtet, sondern auch eine Geschichte erzählt. Jeder Schatten, jede Lichtquelle, sie alle tragen zur Stimmung und Tiefe des Bildes bei.»
Lukas hörte aufmerksam zu, seine Augen folgten jeder ihrer Bewegungen.
«Und wie finden Sie die Balance zwischen technischer Genauigkeit und künstlerischer Freiheit?», fragte er.
Emma lehnte sich zurück und betrachtete nachdenklich ihre eigene Arbeit.
«Es ist ein ständiger Lernprozess. Manchmal muss man die Regeln kennen, um sie gekonnt zu brechen. Aber am wichtigsten ist es, authentisch zu bleiben. Deine Kunst sollte ein Spiegel deiner selbst sein, deiner Gefühle und Gedanken.»
Lukas nickte, sichtlich inspiriert.
«Das ist ein wertvoller Rat. Danke, dass Sie sich die Zeit genommen haben, mir zu helfen.»

Nachdem Lukas gegangen war, ließ sich Emma in einen Stuhl fallen und betrachtete nachdenklich die Leinwand vor ihr. Sie dachte über die Worte nach, die sie gerade geteilt hatte, und fühlte eine tiefe Zufriedenheit in sich. In diesem Moment öffnete sich leise die Tür, und Max trat ein.

«Das sieht ja schon großartig aus», sagte er, als er auf das Gemälde zusteuerte. «Und dieses Atelier… es ist unglaublich, Emma. Du hast dir einen Traum erfüllt.»

Emma lächelte und stand auf, um ihn zu begrüßen. «Ja, das habe ich. Es fühlt sich immer noch unwirklich an, hier zu stehen – in meinem eigenen, großen Atelier.»

Max trat näher und umarmte sie von hinten, seine Hände fanden sanft ihren Bauch. «Und denk nur daran, bald werden wir hier zu dritt sein.»

Emma legte ihre Hände auf seine und spürte eine tiefe Verbundenheit. In ihrem Bauch regte sich ihr ungeborenes Kind, ein sanftes, fast magisches Gefühl.

«Ich kann es kaum erwarten, unser kleines Wunder in die Welt zu bringen», sagte sie leise.

Sie standen so für einen Moment, umgeben von der Stille des Ateliers, der Geruch von Farbe und Leinwand in der Luft. Es war ein Ort der Kreativität und Träume, ein Ort, der nun auch zum Symbol ihres gemeinsamen Lebens wurde.

Max küsste sie sanft auf die Wange.

«Du wirst eine wunderbare Mutter sein, Emma. Und ich… ich kann mir keinen besseren Ort vorstellen, um unsere Familie zu beginnen, als hier, umgeben von deiner Kunst und deiner Liebe.»

Emma drehte sich zu ihm um und blickte in seine Augen. «Mit dir an meiner Seite», sagte sie, «fühlt sich alles möglich an.»